Charlotte et Mona

Florence Seyvos

Charlotte et Mona

Illustrations de Mette Ivers

l'école des loisirs

11, rue de Sèvres, Paris 6ᵉ

Du même auteur à *l'école des loisirs*

Collection MOUCHE
La nuit chez Salomé
Voleuse de peluche
Pochée
Jean l'impitoyable
L'erreur de Pascal

Collection NEUF
Le jour où j'ai été le chef
Nanouk et moi

ISBN 978-2-211-22488-8

© *2016, l'école des loisirs, Paris, pour la présente édition*
dans la collection «Animax»
© *2014, l'école des loisirs, Paris*
Loi n° 49.956 du 16 juillet 1949 sur les publications
destinées à la jeunesse : mai 2014
Dépôt légal : mars 2016
Imprimé en France par Clerc à Saint-Amand-Montrond

Édition spéciale non commercialisée en librairie

à Mette !

*La chambre de gauche
et la chambre de droite*

Pour la première fois, Charlotte et Mona avaient chacune leur chambre. Charlotte, qui était l'aînée, avait choisi la chambre de gauche, parce qu'il y avait un immense placard, dans lequel on pouvait se cacher à deux sans même être serré.

Mona, qui était la cadette, avait choisi la chambre de droite, parce qu'il y avait une cheminée. Mona se disait qu'elle pourrait faire du feu, la nuit, en cachette de ses parents. Elle se disait aussi que le Père Noël lui apporterait ses cadeaux directement dans sa chambre et qu'elle pourrait bavarder avec lui sans être dérangée.

Ce matin-là, le matin du déménagement, elles s'étaient levées avant le soleil. Les déménageurs étaient arrivés très tôt. Ils avaient chargé tous les meubles et les cartons dans leur grand camion, et en route pour le nouvel appartement, 10, rue des Mouettes.

— J'adore ce nouvel appartement ! criait Charlotte.

— J'adore ce nouvel appartement ! criait Mona.

Elles avaient passé la journée à déballer leurs cartons et à ranger leurs affaires sur les étagères et dans les placards. À l'heure du goûter, maman et papa avaient accroché les rideaux dans leurs chambres. Elles avaient elles-mêmes choisi la couleur, bleu pour Charlotte, jaune pour Mona. Ensuite elles avaient accroché une pancarte à la porte de chaque chambre, pour être sûres que leurs parents ne se trompent pas.

Elles avaient préparé leurs lits toutes seules, et installé leurs peluches.

Sur le lit de Charlotte, l'ours Christophe, qui prenait presque toute la place, et le singe Frédéric, qui avait perdu sa queue dans la machine à laver.

Sur le lit de Mona, le chien

Zampano, dont les oreilles étaient si longues qu'on pouvait faire un nœud au-dessus de sa tête, Katia Ivanovna, la vache musicienne (qui avait de la famille en Russie) et Lapin-Lapin, qui avait un caractère sensible.

Charlotte et Mona prirent leur bain à la lumière d'une bougie, car il

n'y avait pas encore de lampe dans la
nouvelle salle de bain.

Puis elles dînèrent pour la pre-
mière fois dans la nouvelle cuisine.
Leur père était allé acheter des pizzas.
À la fin du dîner, il dit :

– Dans quelle chambre lit-on un livre, ce soir, celle de Charlotte ou celle de Mona ?

– La mienne, il me semble, répondit Charlotte, parce que c'est le premier soir et que je suis l'aînée.

Mona était d'accord.

– C'est la chambre de gauche, précisa-t-elle, car elle craignait que son père ne lise pas les pancartes.

Ils s'installèrent tous les trois sur le lit, en poussant l'ours Christophe pour se faire de la place.

À peine papa avait-il commencé la lecture qu'une longue plainte retentit. Cela venait de la chambre de droite.

– C'est la voix de Katia Ivanovna, dit Charlotte.

La plainte se mua en sanglots. Puis on entendit un autre cri, comme celui d'un loup hurlant à la mort.

— C'est Zampano, dit Mona.

Papa et les filles se précipitèrent dans la chambre de droite, rejoints par maman.

Sur le lit de Mona, la vache musicienne avait lâché son violon et pleurait bruyamment dans son tablier à fleurs, tandis que le chien Zampano essuyait ses larmes de ses longues oreilles. Assis sur l'oreiller, Lapin-Lapin pleurait lui aussi, sans faire le moindre bruit.

— Petites filles ingrates ! gémit Katia Ivanovna. Des années que nous écoutons l'histoire du soir avec vous, sur vos genoux. Et maintenant que

vous avez deux chambres, vous nous
laissez tomber comme de vieilles
chaussettes trouées. Mon cœur est
blessé ! J'aurais mieux fait de rester
en Russie, plutôt que d'habiter chez
des enfants qui m'oublient en un
soir. Tout ça parce qu'elles ont une
nouvelle maison !

– Des années d'amitié oubliées en un soir. Et nous voilà seuls dans la chambre de droite ! dit Zampano en reniflant.

– Pardon, pardon ! dit Mona, mais je ne vous avais pas oubliés. Rappelez-vous, c'est vous que j'ai sortis en premier des cartons pour vous installer sur mon lit !

– Oui, mais pour nous, pas d'histoire du soir ! gémit de nouveau Katia Ivanovna. Quelle injustice !

– Pas d'histoire ! Oubliés dans la chambre de droite ! aboya Zampano.

– Ça suffit, dit maman. Allez tous écouter l'histoire dans la chambre de Charlotte, et je ne veux plus entendre de cris.

Il fallut demander à Christophe

de se pousser encore, et tous s'installèrent sur le lit de Charlotte.

— Où en étais-je, déjà ? demanda
papa.

— Page 2, je crois, murmura
Lapin-Lapin qui avait un caractère
sensible et l'oreille fine.

— Vous pourriez reprendre au début, dit Zampano.

— Zampano, vous exagérez, répondit papa.

Pourtant, il n'osa pas le contrarier, et reprit le livre au début. Quand il arriva au passage où Chien Bleu se bat contre la panthère, tous se serrèrent sur le lit en tremblant.

— Mon Dieu, murmura Katia Ivanovna, heureusement que je sais que ça finit bien !

Enfin papa lut la dernière phrase du livre, lorsque Chien Bleu dit *Dors bien, petite fille. Je resterai toujours avec toi.*

Il y eut un silence ému, et Lapin-Lapin se serra contre le grand Christophe.

— Vous aussi, dormez bien, petites filles, dit papa.

Mais soudain, on entendit quelqu'un pleurer.

— Ah ! non, dit papa, ça ne va pas recommencer !

Ce n'était pas une peluche, cette fois, c'était Mona.

— Je veux dormir avec ma sœur, dit-elle d'une voix entrecoupée par les sanglots.

— Mais je croyais que tu étais contente d'avoir ta chambre à toi, dit papa.

— Ouiiiiii, répondit Mona, mais je n'ai jamais dormi sans ma sœur. Je veux pouvoir lui prendre la main, la nuit, si j'ai peur. Il ne faut pas me séparer de ma sœur !

Ses yeux perdus, son visage plein de larmes faisaient tant de peine à voir que Lapin-Lapin, bouleversé, se mit à pleurer à son tour et enfouit sa tête dans la fourrure de Christophe. Puis ce fut le tour de Katia Ivanovna et de Zampano. Au bout de quelques instants, tout le monde pleurait sur le lit. On n'entendait dans la chambre que sanglots et reniflements. Même papa semblait au bord des larmes.

— Ça suffit, dit soudain Charlotte, en se mouchant dans la manche de son pyjama. Mon lit sera trempé si vous continuez. Il faut installer un matelas pour Mona dans la chambre de gauche.

Et c'est ce qu'ils firent.

Cette nuit-là,
Charlotte garda longtemps la main
de Mona dans la sienne avant de
s'endormir, tandis que les peluches
ronflaient doucement, serrées les
unes contre les autres.

Le lendemain soir, ce fut au tour de Charlotte de dormir dans la chambre de Mona. Après s'être brossé les dents, elle frappa à la porte de la chambre de droite en disant :

— S'il vous plaît, ayez pitié d'une petite fille égarée dans la forêt. La nuit tombe et j'entends les loups qui s'approchent. Ouvrez-moi, je vous en prie.

Et le surlendemain, Mona vint frapper à la porte de la chambre de gauche.

— Ouvrez-moi, par pitié ! Je n'ai plus de parents, la sorcière de la Montagne Noire est à ma poursuite. J'ai froid et je n'ai pas mangé depuis deux jours !

— Entrez, petite orpheline, dit

Charlotte. Et venez vous chauffer près du feu.

— Euh ! non, répondit Mona. C'est dans ma chambre qu'il y a une cheminée. Toi, tu dois dire : *Venez vous chauffer sous ma couette.* Ou : *Venez prendre un bon bol de soupe.*

Ainsi, chaque soir, Mona et Charlotte dormaient l'une chez l'autre, avec toutes les peluches.

— J'ai une petite préférence pour la chambre de droite, disait Katia Ivanovna. Quand je joue du violon, les notes résonnent magnifiquement dans la cheminée.

— C'est un peu comme si nous avions quatre chambres, dit un jour Charlotte à Mona. Ma chambre, ta chambre, ma chambre dans laquelle tu dors, ta chambre dans laquelle je dors.

— Avant, nous n'avions qu'une seule chambre. Il est vraiment bien, ce nouvel appartement, répondit Mona.

Radio Pistache

Nous étions samedi matin. Charlotte et sa petite sœur Mona étaient confortablement installées dans le grand placard de la chambre de Charlotte pour faire leur émission de radio hebdomadaire. En guise de micro, Charlotte se servait d'un vieux téléphone de sa mère, et Mona d'un tube de mousse à raser de son père.

C'était toujours Charlotte qui commençait l'émission.

– Chers auditeurs, il est neuf heures et vous écoutez votre émission préférée, présentée par Charlotte et Mona, en direct de notre nouveau studio de la rue des Mouettes. Dans quelques instants, vous connaîtrez le thème de notre émission d'aujourd'hui, mais d'abord, musique.

Aussitôt Mona appuya sur la touche *play* de son lecteur de CD, pour faire entendre le court morceau de piano qui était le générique de l'émission.

– Vous écoutez *Radio Pistache*, la meilleure radio de France, murmura Mona dans son micro.

Mona trouvait que pour faire une

belle émission de radio, il fallait parler d'une voix très douce.

— Bonjour à tous, reprit Charlotte, qui trouvait qu'au contraire, à la radio, il fallait parler d'une voix très dynamique. Le thème de notre émission d'aujourd'hui est *Comment être heureux dans la vie*. Dans quelques instants nous allons passer la parole à nos auditeurs, mais tout d'abord, chère Mona, c'est à vous que j'ai envie de poser la première question : êtes-vous heureuse dans la vie ?

— Oui, je suis plutôt heureuse dans la vie, chère Charlotte, dit Mona d'une voix aussi douce que du miel. Sauf quand ma sœur refuse de me prêter sa tour Eiffel lumineuse.

Cela me rend tellement triste que j'ai envie de pleurer.

— Je suis sûre que ça n'arrive pas très souvent, dit Charlotte. D'ailleurs, je me souviens, lorsque nous avions fait notre émission sur le thème des frères et sœurs, vous nous aviez expliqué que votre sœur était la meilleure sœur du monde.

— Bien sûr, chère Charlotte, mais le thème de l'émission d'aujourd'hui, c'est le bonheur, n'est-ce pas ? Et le bonheur, pour moi, souvent, c'est d'avoir cette tour Eiffel lumineuse dans ma chambre. Je ferme les rideaux, j'allume la tour Eiffel, et ma chambre devient toute bleue, puis toute rouge, puis toute rose, puis toute verte… Et quand ma sœur refuse de me prêter cette tour Eiffel, eh bien, c'est en quelque sorte l'absence du bonheur.

Charlotte toussota pour faire comprendre à Mona qu'elle gardait trop longtemps la parole.

— Merci pour ce témoignage, chère Mona : donc, pour vous, un objet merveilleux, comme cette tour Eiffel lumineuse, par exemple, aide à se sentir heureux. Très bien, je le note. Et maintenant, je crois que nous avons un premier auditeur au bout du fil.

— Bonjour, fit une voix féminine, c'est Katia Ivanovna, la vache musicienne. Le thème de votre émission d'aujourd'hui m'intéresse beaucoup, car, voyez-vous, il m'arrive d'être très très très très heureuse, et juste après, je suis très très très très malheureuse, et le lendemain, je suis très très très très heureuse, et le jour d'après, je suis très très très très…

— Oui, interrompit Charlotte, je

crois que nous avons compris. Mais lorsque vous êtes très très très très heureuse, Katia Ivanovna, c'est grâce à quoi ?

— Je ne sais pas, répondit Katia Ivanovna. Le bonheur s'empare de moi, et j'ai envie de jouer du violon et de danser, et mon cœur s'envole…

et juste après le bonheur me quitte et la musique de mon violon devient triste à mourir, et mon cœur est comme un oiseau blessé, qui traîne ses pauvres ailes par terre…

— Il y a peut-être un problème avec votre violon, suggéra gentiment Mona. Mais Katia Ivanovna ne l'entendit pas.

— Ses pauvres ailes brisées, et ensanglantées, poursuivait-elle, qui voudraient s'ouvrir mais n'en ont plus la force…

— Hum, dit Charlotte. Merci de votre témoignage, Katia Ivanovna, mais ça ne nous aide pas beaucoup à comprendre comment être heureux dans la vie. Personne suivante, s'il vous plaît.

– Bonjour,
fit une voix
un peu
nasillarde,
c'est le singe Frédéric. Moi, je n'ai
jamais été heureux de ma vie. Quand
je me lève, le matin, je suis triste.
Quand je me couche, le soir, je suis
triste. Entre les deux, je suis triste. Et
c'est comme ça tous les jours.

– Et… vous ne savez pas pourquoi ? demanda Mona.

– Non, répondit le singe Frédéric. Un jour, il m'est arrivé
quelque chose de terrible, j'ai perdu
une partie de moi-même dans la
machine à laver, ma queue, pour être
précis. Hélas, si je suis honnête, je
dois dire que j'étais déjà malheureux

avant. Je n'ai jamais connu le bonheur.

— Mais c'est affreux ! s'exclama Mona.

— Parfois, je me dis que je ferais mieux de me suicider.

— Et pourquoi ne le faites-vous pas ? demanda Mona.

— Parce que je pense que si je meurs, ça ne fera de peine à personne.

— Mais si, bien sûr ! dit Mona, avec douceur. On vous fera un bel enterrement, tout le monde se mettra à pleurer…

— Vous croyez ? dit Frédéric. Alors je

vais réfléchir. Le problème, c'est que si je suis mort, je ne pourrai pas voir les gens pleurer… ah, que c'est compliqué !

— Excusez-moi, dit Charlotte, il me semble, cher Frédéric, que vous habitez sur un lit agréable, dans la chambre d'une petite fille charmante. Vous ne pourriez pas essayer de profiter un peu des bonnes choses de la vie ?

— Impossible, répondit Frédéric. Je ne profite de rien. Je vous l'ai dit, je suis triste tout le temps !

— Bon, interrompit Charlotte, nous allons

devoir passer la parole à un autre auditeur. Je vous rappelle que le thème de notre émission d'aujourd'hui, c'est le BONHEUR. C'est COMMENT ÊTRE HEUREUX DANS LA VIE. Quand nous ferons une émission sur le MALHEUR, vous pourrez nous recontacter. Au revoir, Frédéric. Personne suivante, s'il vous plaît ?

– Je suis désolée, Charlotte, dit Mona, nous avions un certain Lapin-Lapin en ligne, mais il a raccroché car il est trop timide pour parler à la radio.

– Eh bien, je ne sais pas ce que vous en pensez, chère Mona, dit Charlotte, mais je ne croyais pas que cette émission sur le bonheur serait si difficile.

    — Peu de témoignages sur le bonheur, en effet, renchérit Mona. Et maintenant, c'est l'heure de notre flash d'information.

    — Chers auditeurs, dit Charlotte. de sa voix la plus grave, l'information qui vient à l'instant de nous parvenir est si terrible que ça me brise le cœur de vous l'annoncer. Ce soir, ce sera la fin du monde. Je n'ai aucune

précision, je ne sais pas si nous serons attaqués par les Martiens ou si une météorite géante va s'écraser contre la Terre, mais ce qui est certain, c'est qu'il ne nous reste plus qu'une seule journée à vivre. Je suis désolée. Je vous demande de faire un effort et d'être tous très heureux pendant cette dernière journée.

— Et n'oubliez pas de prêter votre tour Eiffel lumineuse, si vous en avez une ! ajouta Mona.

— Adieu, chers auditeurs, conclut Charlotte, nous ne vous oublierons jamais.

— Soyez heureux ! Soyez heureux ! cria Mona dans son micro.

À cet instant, il y eut un grand bruit, la porte du placard s'ouvrit toute grande et le visage de papa apparut.

— Chers auditeurs, cria Charlotte, c'est affreux ! Un monstre vient de pénétrer dans notre studio ! Il est immense et couvert de poils !

— Ah, c'est vous qui avez mon tube de mousse à raser ? dit papa, qui n'était pas bien réveillé.

— C'est donc une terrifiante atta-que de monstres qui va causer la fin de notre monde ! s'écria Charlotte. Nous allons tous mourir dans d'atro-ces souffrances, déchiquetés par ces horribles créatures ! Nous sommes heureuses d'avoir pu vous donner cette dernière information, chers auditeurs ! Nous allons devoir rendre l'antenne ! Aaaaaaah ! Le monstre s'apprête à bondir sur nous ! Tout est fini ! C'était la dernière émission de Charlotte et Mona, en direct du studio de la rue des Mouettes ! Adieu, chers auditeurs.

Le fantôme

Il y avait un bruit dans le placard du salon. Une sorte de craquement, ou plutôt de gratouillis. Comme si quelqu'un grattait derrière la porte.

— Tu as entendu ? dit Charlotte à sa petite sœur Mona.

Elles étaient en train de jouer aux dés par terre, juste devant le placard, et Mona venait de faire un triple six. Elle leva les yeux, inquiète.

— C'est quoi, ce bruit ?

— Ça fait plusieurs fois que je l'entends, dit Charlotte. J'ai bien réfléchi, je pense que c'est le fantôme de Mémé. Je ne vois pas d'autre explication.

— Les fantômes n'existent pas, dit Mona.

— Ne dis pas cela, tu pourrais lui faire de la peine.

— Mémé ne pourrait jamais tenir dans ce placard.

— Très bien, dans ce cas, ouvre la porte, répondit Charlotte.

Juste à cet instant, le bruit recommença. *Cri-cri-cri-cric.* Mona sauta sur ses pieds

— N'aie pas peur, dit Charlotte. C'est Mémé ! C'est peut-être elle

qui t'a aidée à faire un triple six,
grâce à ses pouvoirs de fantôme !

Mais Mona était déjà partie. Elle
courait dans le couloir en appelant
Wendy ! Wendy ! Wendy était la baby-
sitter de Charlotte et Mona. Elle était
en train de préparer le dîner à la
cuisine.

Charlotte regarda la porte du placard. C'était une porte normale, peinte en blanc. La poignée était toute ronde, en porcelaine. Charlotte savait très bien ce qu'il y avait dans ce placard, sur l'étagère du haut : des coupes à champagne ; sur l'étagère du milieu : des paquets de cacahuètes salées et de noix de cajou. Et tout en bas, des bougies. On n'ouvrait donc ce placard que dans deux sortes d'occasions : quand il y avait des invités, et quand il y avait une panne de courant. Charlotte tendit lentement la main vers la poignée du placard.

Cri-cri-cri-cric !

Charlotte retira sa main.

— Qui que vous soyez, ne vous

énervez pas ! dit-elle au placard. Je suis pacifique ! Je vais chercher ma baby-sitter pour qu'elle vous aide à sortir. Merci de patienter.

Mais Wendy ne pouvait pas venir ouvrir la porte du placard, parce qu'elle était en train de faire des boulettes de purée, qu'elle trempait dans l'œuf avant de les rouler dans la chapelure.

– Dès que j'aurai fini, nous irons examiner ce placard, dit-elle.

– Je vais t'aider, dit Mona, en prenant un peu de purée dans ses mains pour faire une boulette. Mais d'abord, il faut que tu dises à Charlotte que les fantômes n'existent pas. Et que tu la grondes parce qu'elle veut me faire peur.

Wendy était une personne organisée, elle aimait bien faire des listes. Elle prit une grande inspiration, et déclara :

– Un : Charlotte, arrête de faire peur à ta petite sœur, s'il te plaît. Deux : il n'y a aucun fantôme dans ce placard, c'est certain. Trois : est-ce que les fantômes existent ? Franchement, je n'en sais rien. Quatre : je

crois que si les fantômes existent, ils préfèrent les vieilles maisons. Votre appartement me paraît beaucoup trop récent pour héberger un fantôme. D'ailleurs on dit *une vieille maison hantée,* ou *un vieux manoir hanté,* on ne dit pas *un appartement moderne hanté.* Cinq : Mona, non seulement ta boulette est trop petite, mais elle ressemble à une saucisse.

Charlotte soupira, et décida d'aller dans sa chambre. Lorsqu'elle eut fermé la porte, elle s'aperçut qu'il y avait quelqu'un assis sur le lit. C'était Mémé. Ou plutôt son fantôme. Elle souriait, les mains posées sur les genoux. Elle avait sa robe bleue avec des poches sur les côtés.

Charlotte porta la main à son cœur.

— Mémé, tu m'as fait peur. Tu aurais dû me prévenir !

— Je croyais que tu voulais me voir, dit Mémé.

— Mais alors, tu es un fantôme ? demanda Charlotte.

— Oui, dit Mémé.

— Est-ce que je peux te toucher ?

— Tu peux me voir, tu peux
m'entendre, mais tu ne peux pas me

toucher, ta main ne rencontrerait que de l'air.

— Mais tu existes vraiment ?

— J'existe un peu quand même, sinon tu ne serais pas en train de me parler, dit Mémé en riant. Et elle fit ce qu'elle faisait souvent, elle se frotta le bout du nez avec son index.

— Mémé, est-ce que c'est ennuyeux d'être un fantôme ?

— Pas du tout, dit Mémé.

— Que fais-tu toute la journée ?

— Pour moi les journées passent très très vite. Je me promène beaucoup, je prends le bus sans payer. Quand il y a trop de monde, je m'installe sur le toit. J'avais toujours rêvé de monter sur le toit d'un bus. Je vais voir si mes amis vont bien.

J'écoute les conversations. Et quand il y a trop de bruit, je me repose à l'ombre d'un arbre.

— Est-ce que parfois tu te reposes dans un placard ? demanda Charlotte.

— Quelle drôle d'idée ! dit Mémé. Pourquoi irais-je me mettre dans un placard ?

— Alors ce n'est pas toi qui fais ce bruit dans le placard du salon ?

— Bien sûr que non, ma chérie. C'est la petite voiture télécommandée de Mona. Mona l'a oubliée à l'intérieur, et comme elle est restée allumée, de temps en temps, elle donne quelques tours de roue. Et maintenant, retourne vite à la cuisine, je crois que les boulettes de purée sont prêtes.

— Mémé, demanda Charlotte, est-ce que tu sais tout ?

— Oui, presque tout, répondit Mémé. Mais ça ne me sert à rien. Moi, ce que j'aime, ce sont les surprises.

— Tu reviendras me voir ?

— Bien sûr.

Charlotte eut à peine le temps de lui faire un signe d'au revoir, Mémé avait disparu.

Charlotte s'approcha du lit et posa sa main là où sa grand-mère s'était assise. Il lui sembla sentir un peu de chaleur. Alors elle ferma les yeux et envoya un baiser à sa grand-mère. Puis elle sortit de la chambre.

Elle vit Mona courir vers elle, sa petite voiture rouge à la main.

— Devine ce qui faisait le bruit dans le placard ! lui cria Mona. Ma voiture télécommandée !

— C'est incroyable, dit Charlotte.

Puis elles allèrent ensemble à la cuisine manger des œufs à la coque, des boulettes de purée et des fraises.